26195

ESSAI

SUR LE VOYAGE

DES MÉDECINS FRANÇAIS

A BARCELONE;

Par P.-S. Lemire.

SENLIS;

Imprimerie de TREMBLAY, Imprimeur de S. A. S. Mgr.
le Duc de BOURBON, Prince de CONDÉ.

1822.

ESSAI SUR LE VOYAGE

DES

MÉDECINS FRANÇAIS A BARCELONE.

~~~~~~~~~~~~~~~~~

Poëme champêtre.

Paulo majora canamus,
Non omnes arbusta juvant humiles que myricæ.
VIRG. *Eclogue.* 4. 1.

Trois Amis voyageaient; ils allaient de concert
Visiter un saint lieu qui, chéri mais désert,
Dès l'instant qu'au tombeau l'honneur parut descendre,
Grâce aux fidèles ~~cœurs renaissait de sa cendre.~~
Dans ce pieux dessein, pacifiques rivaux,
Réglant par l'entretien leur marche à pas égaux,
Simon, Victor et Paul du sein de la campagne
Sont d'abord amenés au pied d'une montagne
Qu'ils gravissent enfin; de-là, l'œil à la fois
Se plaît à contempler les hameaux du Valois
Et ses vastes forêts, et la riche contrée
Qu'ont plusieurs de nos Rois de leur nom illustrée.
Un bois couvre ce mont; de l'aimable printems
Le retour s'annonçait par les plus doux instans;
Un beau soleil luisait, et le tendre feuillage
Souriait au désir qui déjà de l'ombrage
Contre ses premiers feux, appelait la faveur.
Quel arbre alors reçut le groupe voyageur?

I

Un majestueux chêne, honneur du voisinage,
La seule antiquité pourrait dire son âge;
Les tems n'ont point pour lui de révolutions;
Objet et monument de vénérations,
Le voyant on croit voir un de ceux de Dodone:
Centre de dix bosquets dont son port s'environne
Il ne craint pas comme eux le fer du bûcheron;
Son pied, vaste contour, est paré d'un gazon
Au besoin siège ou lit, dont l'herbe verdoyante
Est souvent refoulée et toujours renaissante.
Désirant un repos, et déjà près du lieu
Qui revit des honneurs que l'on y rend à Dieu;
Tandis que leur regard se promène à la ronde,
Ils viennent à parler de la scène du monde,
Et laissant dans l'oubli ces momens désastreux
Où, bien pis que l'hiver et ses froids rigoureux,
La discorde au cœur faux en sa bouillante ivresse
Versait sur nos climats le deuil et la détresse,
Ils bénissent le ciel dont les secrets divers
Ont réconcilié la France et l'Univers.
L'un dit, voici le jour (*) de mémoire éternelle,
Qu'il nous faut ériger en fête solennelle.
Amis, à pareil jour, Louis, ce Roi si bon
Dans Paris vint joyeux se montrer en Bourbon.
Loin de nous désormais et tourmente et tristesse;
La nature le veut; sa voix nous dit sans cesse
Qu'en ce tems ou jamais, il faut se réjouir.
Oui, voici le moment d'un vertueux plaisir,
Puisque c'est le bonheur que le ciel nous renvoie;
Puisque ce lieu, dit-on, est le même où la joie

(*) 3 mai.

Établit son empire, et qu'on y voit en chœurs,
La danse à certains jours rassembler tous les cœurs;
Livrons-nous aux transports d'une sainte allégresse;
Et tandis qu'au loisir, que ce moment nous laisse,
Nous joignons les douceurs d'un propice repos,
Donnons un libre essor aux amusans propos.
En est-il que l'on juge être plus agréables
Que l'histoire récente et-ses traits admirables?
Ah ! tout ce qui respire, et grandeur et bonté,
On en doit le récit à la postérité.
Simon parlait ainsi : Paul et Victor ensuite
Ont voulu ce que veut l'ami qui les invite.
Sous le chêne près d'eux en cercle sont rangés
Des (*) villages voisins d'honnêtes passagers
Qui, cédant à l'attrait d'un gracieux langage,
Ont suspendu d'abord le but de leur message :
Car c'était l'amitié qui liait entretien;
Son style familier mais sincère et chrétien,
Des cœurs et des esprits se rendant bientôt maître,
Par ces mots ennoblit un colloque champêtre.
En Roi se dévouer au bien de son pays
Secourir l'étranger ainsi que fait Louis ;
C'est dit, l'honneur français, c'est l'héroïsme même,
Des Rois de son beau nom, Louis le dix-huitième
Sait rassembler en soi ce qu'ils ont fait de grand.
Des cœurs de l'univers il est le conquérant ;
Il donne du bienfait la leçon exemplaire;
L'aimer, c'est l'imiter, et l'imiter c'est plaire.

F (*) On sait qu'il à existé une feuille villageoise qui n'a pas peu
contribué à égarer le bon peuple des campagnes.

Loin d'ici du guerrier la sanguinaire ardeur ;
Chantons la bienfaisance et sa noble faveur.
Pour défendre un pays sans doute il faut des armes,
Mais pour le faire aimer, la paix seule a des charmes,
Car tandis que la force en impose aux méchans,
Sa gloire est au repos des paisibles penchans.
Des beaux jours que le Ciel rend à notre patrie
Quelle époque, ô Français ! peut être plus chérie ?
Nous voyons la vertu reprendre tous ses droits
Et son règne fleurir sous le meilleur des Rois,
Mais de plus, du bienfait, les suites salutaires
Vont des peuples voisins nous faire autant de frères.
Le zèle aide l'honneur, le pire des fléaux
Obéit à leurs soins et cède à leurs travaux.
Nous donc des nobles chants rappelons l'origine,
Par eux rendons hommage à la bonté divine
Qui mit l'amour du bien dans le cœur des mortels,
Et daigne partager avec eux ses autels,
Chantons de la vertu ce qui lui vaut un trône
Et de nouveaux fleurons composant sa couronne,
D'Eustache-de-Saint-Pierre et de ses compagnons
Sous de fraîches couleurs rajeunissons les noms ;
A la postérité qui déjà les comtemple,
De Mazet et des siens proposons pour exemple
Un zèle qui remis en son tems sous les yeux,
Conserve ses attraits chez nos derniers neveux.
Mais vous dont quelquefois l'attention profonde
S'attache à contempler le spectacle du monde,
Dites, lorsque quittant la sommité des cieux
Vous baissez vos regards sur ces terrestres lieux,
Quel être vous paraît digne de plus d'estime
Et tenir de plus près à son auteur sublime !

Ah ! vous me répondez ; c'est l'homme bienfaisant ;
C'est un Roi dont le cœur digne du Tout-Puissant
Agit par son amour, et de sa providence
Remplit les fonctions par les dons qu'il dispense.
Il est homme, il se dit : je dois me montrer tel ;
Rien ne m'est étranger des peines d'un mortel.
Son ame et son penchant s'étendent sur le monde ;
Il commande le bien, l'anime et le féconde ;
Tel Simon et Victor discouraient : Paul reprit :
Des grands, des plus beaux faits qui n'aime le récit ?
La courrière aux cents voix a beau nous en instruire,
Mais la fable, sa sœur, la suit et lui fait dire
Tantôt ce qui du mal augmente la douleur,
Tantôt ce qui du bien altère la douceur.
Quand la vérité parle, encor faut-il la croire,
Dit Simon, et surtout quand la naïve histoire,
Dédaignant le vernis d'un futile ornement,
S'attache à l'intérêt, principal agrément
Des objets de haut prix dont s'y fait la peinture ;
Oh bien ! moi, mes amis, je veux d'après nature
Vous mettre sous les yeux quelques-uns de ces traits
Où brille en son grand jour l'éclat du nom Français.
Tenez dans ce vallon que la Nonette arrose
Imaginez-vous voir Barcelone et Tortose ;
Cet étang est la mer, et l'Ebre un des ruisseaux
Qui dans le grand bassin va confondre ses eaux.
Aux charmes variés que l'horizon présente
Je me borne d'abord et je me représente
Du commerce et des loix le triomphant orgueil :
Mais voici tout-à-coup que le crêpe du deuil
Comme un brouillard épais s'étend sur cette plaine,
De morts et de mourans la région est pleine.

La ville est sans paréns, le hameau sans amis ;
L'enfer fit-il ce coup ? Le ciel l'a-t-il permis ?
Mais quel crime a forcé la colère céleste ?
Et qu'a jamais produit l'enfer d'aussi funeste ?
Un mal causer des maux si nombreux si cruels ;
Fièvre jaune est son nom ; et qui croira réels
La cause et les effets d'une atteinte première
Qui sans visible signe, en est plus meurtrière ?
La peste a ses bubons, et la goutte ses nœuds.
L'on ne soupçonne ici que glaces et que feux,
Dont le mélange obscur moins connu que la rage ;
Agit plus brusquement qu'ensemble un double orage.
Les extrêmes en guerre ont une égale fin,
Et c'est ici que l'art se conduit en devin :
D'un des deux ennemis quelquefois la faiblesse
Du moderne Esculape encourage l'adresse ;
Réussit-il enfin ? que le triomphe est lent !
Si souvent tout espoir se refuse au talent !
Qui l'exerce est bientôt le premier qui succombé ;
Court-il aider celui sur qui le malheur tombe ?
Lui périt tout-à-coup..... du Christ divine loi
De quoi n'est pas capable un cœur rempli de toi ?
Rien ne peut dans leur zèle arrêter tes ministres,
Ni le poison caché, ni les odeurs sinistres
Qu'exhale des mourans l'endémique vapeur,
Le fléau pire encor que l'on nomme la peur
Et dont même un Condé (*) ressentit les atteintes
Se retire ou se tait devant ces ames saintes,

(*) Le grand Condé éprouvait une sorte d'effroi quand il voyait ses
créanciers.

Et la cruelle mort confond dans son travail
L'Évêque et son sénat, le prêtre et son bercail.
Tortose existe encor; mais ses vides murailles
Restent pour monumens d'un deuil sans funérailles,
Hélas! qui n'ont plus lieu..... là, finit l'Univers.
Rien n'en approche plus, ni l'habitant des airs,
Ni le troupeau bêlant, ni la bête de somme,
Ni l'animal qu'on sait le plus fidèle à l'homme;
Tout respire la mort, tout subit le malheur,
Qui dans l'Inde saisit l'imprudent voyageur
Quand il cotoye un pré marécageux repaire,
Dont l'haleine d'un monstre empoisonne la sphère.
Du poison, bois et fer sont imprégnés encor,
Une teinte livide attaque même l'or;
Ce que la fable a dit de l'onde achérontique
N'approche que de loin ce récit véridique.
Frappé du même coup tout un troupeau périr.....
De douze cents guerriers pas un seul ne guérir;
Ils allaient bravement, et forts de leur jeunesse,
Contre le vol armé protéger la faiblesse;
Mais la mort ne sait point épargner les lauriers;
Encor moins quand l'audace entre dans tes foyers,
Fièvre, sœur de la Peste ou bien plutôt sa mère;
Son nom décèle mieux ta marche meurtrière....
L'innocente Tortose en périssant hélas;
Laisse de grands regrets: mais les voisins climats
N'en éprouvent que plus ton empreinte perfide;
Tel un vaisseau jadis vint du port de Seïde,
Dans Marseille apporter ton règne et ses horreurs.
Malheureuse déjà par ses promptes frayeurs
Barcelone est en proie à la crise pareille.
Et de même elle voit ce qu'admira Marseille,

Ce qu'ose d'un prélat la tendre piété,
Et ce que d'un saint zèle attend l'humanité.
Si le salut du peuple est la grande maxime,
L'exemple en est donné par cette autre victime.
C'est Charles Borromée et Bélzunce à la fois,
A la fois c'est la gloire et l'amour de la croix,
Du creuset du malheur sort le pur héroïsme;
Où brille-t-il le plus ? dans le catholicisme;
Pour ses membres, quel droit que la fraternité!
Quel devoir pour ses chefs que la paternité.
Au bruit qui lui parvient des maux de Barcélone
Le père des Français lit sa loi sur son trône.
De nos sages du tems ce n'est pas la leçon
Qui dit qu'il faut borner ses vœux à sa maison,
Dans ces fils Henri quatre a des soins bien plus vastes;
De tout tems leurs désirs ont agrandi nos fastes.
Du monarque Espagnol à qui l'unit le sang,
Par l'éclat du bienfait, Louis soutient le rang,
Et ce que n'atteint pas la volonté d'un père
Se trouve surpassé par la bonté d'un frère;
Qui, s'il souffre un combat douloureux à son cœur,
Ne peut, ami du Ciel, qu'il n'en sorte vainqueur.
Plus de cent mille humains remplissaient Barcelone:
Tandis que le fléau s'accroît et les moissonne,
Une moitié se livre à des soins superflus,
A d'inutiles vœux: l'autre moitié n'est plus.
Louis en est instruit; quels tourmens pour son âme!
La crainte le déchire, un grand vouloir l'enflamme.
La peste en peu d'instans peut franchir les hauts monts,
Et jusqu'à Paris même apporter ses poisons;
Six braves ont paru.... non, la métempsycose
N'est point un rêve absurde, un système sans cause,

D'Eustache-de-Saint-Pierre et des autres Français
Pour victimes s'offrant au vainqueur de Calais,
Si le corps par le tems fut réduit en poussière,
L'exemple avec ses fruits est vivant sur la terre.
Une ame bienfaisante en quittant ces bas lieux,
Se réunit d'abord aux habitans des cieux ;
Mais son heureux penchant, par forme héréditaire,
Passe dans les bons cœurs et jamais ne s'altère ;
De la nature même on voit ici le cours ;
Soigne-t-on ses trésors ? ils profitent toujours ;
Toujours ils jouiront d'une éclatante gloire
Et feront de nos ans envier la mémoire.
Ces noms, ces nobles noms..... Audouard, Pariset,
Bally, Rochoux, François et ce jeune Mazet,
Que l'ennemi commun, outré d'un tel courage,
Pour se venger de tous..... détourne ce présage,
Dieu du Ciel ; fais qu'un œuvre osé selon ton cœur
Mérite à tes amis la palme du bonheur.
Mais contre un tel fléau que peut leur faible armée ?
Ils partent..... de Louis la grande ame alarmée,
Pressentant le péril, voudrait les retenir.
Mais Roi dans l'univers, il croirait s'en bannir.
Ils partent, le désir leur a donné ses ailes.
Arrivés, que d'objets ! que d'images cruelles
De leurs généreux soins déconcertent l'espoir !
A peine on peut penser à ce qu'ils ont pu voir,
Sur des grabats infects la pauvreté gissante,
Sous ses pompeux lambris la richesse impuissante,
Le fils près de son père exprimant de vains cris
Les époux, les enfans, les rivaux, les amis ;
Dans un long hôpital entassés pêle-mêle ;
Et parmi les assauts d'une douleur mortelle,

L'avide convoitise allant braver la mort,
Pour du malheur d'autrui se faire un heureux sort;
Noble en tout, le Français montre un loyal courage,
Sans relâche il poursuit un périlleux ouvrage.
La gloire est son fanal; la vertu seulement
Lui parle, et son mot est : *désintéressement.*
La douleur néanmoins partout vous accompagne,
Magnanimes sauveurs que l'indolente Espagne
En sa triste incurie expose à tant de maux;
Maux faciles à vaincre à l'aide des travaux
Que conseille d'abord l'agente vigilance,
Et que confirme en sus l'antique expérience,
Qu'ils répondent ici ces Catalans si fiers!
Leurs Ephores ont-ils, pour maîtriser les airs,
Pour en décomposer la maligne influence;
Des plus fortes odeurs amalgamé l'essence,
A leur vertu salubre, en grand nombre mêlés.
Des feuillages non secs ont-ils été brûlés?
Pour récréer l'esprit et domter le délire,
A-t-on joint des chants gais aux doux sons de la lyre?
Les Surveillans enfin, ont-ils, comme autrefois
On sut le pratiquer dans les champs Marseillois,
Par des fossés profonds coupé le cours funeste
Des miasmes rampans promenés par la peste?
Tels on voit dans nos prés des insectes nombreux
Naître ou donner naissance à d'autres pires qu'eux,
Et renoncer bientôt au mal qu'ils peuvent faire,
Quand par le geste actif d'une branche légère,
On sillonne leur marche, et que par ce secours
De leurs jeux pétulans on interrompt le cours;
Quoi donc? dire au fléau retourne vers ta source;
Non : contre lui du moins il est une ressource

Qu'impose le Ciel même, aux chefs des nations;
C'est la force, on en use; et ses précautions
Opposent à la peur une ferme barrière:
Mais que fera le pauvre au sein de sa misère?
La prompte obéissance est la loi du soldat;
Au souffrant toutefois livrera-t-il combat?
Ira-t-il, brandissant l'épouvante des armes,
Braver qui n'a pour soi que ses cris et ses larmes,
On sait que le devoir est la clé du bonheur;
On sait que la patrie est le champ de l'honneur.
Mais une ambition encor plus honorable,
C'est d'illustrer son nom en la rendant aimable.
Spartiates, Romains, ce sentiment si doux,
Ce motif délicat ne servit point chez vous;
Vos voisins venaient-ils vous confier leurs peines,
Loin de les soulager vous leur donniez des chaînes.
Nos héros en marquant leurs pas par des bienfaits,
Font voir au monde entier ce que sont des Français.
Ils ont, pour s'assurer un premier avantage,
De leurs nobles travaux fait entre eux le partage;
C'est le poids du conseil qu'accepte Pariset,
Comme un autre d'Enghien, l'intrépide Mazet
Se portera partout au fort de la mêlée;
Et de gloire déjà sa jeunesse est comblée.
Au plus pauvre, Audouard répond dans ses besoins;
Au plus souffrant, Bally prodigue tous ses soins;
Rochoux s'offre pour père à l'orpheline enfance;
Et François au vieillard ramène l'espérance.
L'espérance!.... Ah! mortel, c'est la divinité
Qui sous vos propres traits sert l'humble humanité,
Et sans cesse lui tend une main généreuse,
Sans elle que ferait la vertu malheureuse?

Quand le meilleur des Rois, jouet des scélérats,
Passant par mille assauts, fut du trône au trépas,
Qui préparait son ame à cet affreux passage?
D'Élisabeth sa sœur le rayonnant visage
Donnait un air serein à tout son alentour.
Deux célestes enfans le charmaient à leur tour;
Et leur tendresse jointe en égayant leur mère,
Faisait illusion à sa douleur amère.
Un prêtre courageux, le constant Edgeworth
Lui parlait du salut, le conduisait au port.
Le cher Monarque, aidé par l'ami qui l'inspire,
Dit alors ce qu'à nous je crois l'entendre dire,
Hé bien donc, que serais-je à la fin devenu,
Si j'eusse eu le malheur d'oublier la vertu?
Comme Étienne, Louis fixant l'autre patrie,
S'oubliait au milieu d'une toujours chérie;
Espérance! ô toi donc fille de l'Éternel,
Qui guéris tous nos maux en nous montrant le ciel,
Qui dans un projet noble enflamme le courage,
Et dont la douce main couronne un digne ouvrage;
Des six braves Français en décidant les pas
A leur empressement tu ne te bornes pas.
Ils pourraient succomber; tels que jadis Moïse
De collègues choisis agréa l'entremise,
Ils reçoivent d'en haut un renfort merveilleux,
Le sexe sait aussi se montrer courageux.
Par un plan que conçut Lellis dit Saint-Camille,
La vertu se forma jadis une famille
Dont les sexes rivaux, par un pieux accord,
S'entendent à combattre et la peur et la mort,
Et surtout dans les lieux où domine la peste.
Ce noble sentiment, ce mouvement céleste,

Fortement l'agitait quand il voyait les maux
Que cause en ses retours, le plus dur des fléaux.
Quel que soit le revers qui frappe un grand empire,
Le droit de la vertu ne peut point s'y détruire,
La France a vu renaître un si saint institut,
Qui malgré ses dangers tend toujours à son but.
Tant conserve d'attraits l'espérance chrétienne !
C'est elle qui conduit loin des bords de la Seine
Deux compagnes de choix dont le nom seulement
Serait, sans le mérite, un éloge vivant.
L'une et l'autre d'abord fait au chrétien entendre
Les actes les plus saints auxquels il puisse tendre;
Pour autrui se soumettre au joug de l'étranger,
Pour les siens en voyage affronter tout danger,
D'un Joseph, d'un Vincent, c'est le fond de l'histoire,
Et les sœurs Saint-Camille y consacrent leur gloire;
Excusez ma faiblesse, ô vous qui m'écoutez,
Et ces noms et ces faits, quand ils seront chantés,
Deviendront de leçons le sujet le plus ample :
De tels cœurs ce pendant suffira cet exemple
Pour que qui les admire et s'attache à leurs pas,
S'en souvienne au danger et ne recule pas.
C'est ainsi que l'honneur, délicieuse amorce,
Éveille le courage et lui donne sa force.
Souvent son noble instinct met dans un faible corps
Un élan de vertu qui l'égale aux plus forts;
Dans nos malheureux jours, qui confondit le crime ?
De Charlotte Cordai c'est le bras magnanime;
D'un amant immolé craignant peu d'affreux sort,
Elle en cherche l'auteur et lui donne la mort;
Quelle est cette autre fille à sa dame fidèle
La suivant dans les fers, s'offrant, mourant pour elle;

Et de bourreaux trompés étonnant la raison,
D'Épinai ton épouse en dira le beau nom,
Toi qui servis le lis, et sous les murs de Nante,
Changeais tout en héros jusqu'à l'humble servante.
C'est dans les grands périls qu'on voit les plus beaux traits;
Et l'honneur Vendéen ne s'éteindra jamais.
Quand Barcelone touche à sa dernière transe,
C'est là qu'il fait beau voir nos deux vierges de France....
Calculez, s'il se peut, ce qu'appelle de soins
L'urgence des secours et l'ordre des besoins;
Avec elles voyez les vierges de Valence,
Émules d'un beau zèle, en tenter l'excellence,
Et joindre aux lois de l'art toute l'activité,
Et les ménagemens et la dexterité
Que du bien que du mal peut commander l'instance;
Tôt ou tard le succès couronne la constance;
Déjà l'on a parlé de consolation,
Et de cet astre heureux luit le premier rayon.
Telle au jour renaissant on aperçoit l'Aurore
Qui mêle ses doux traits aux nouveaux dons de Flore.
Mais non: tel autrefois qui vit l'aimable paix
Promenant sur son char, les ris et les bienfaits,
Par un revers étrange à l'instant mise en fuite;
Et la cruelle guerre et sa fatale suite
Ramener des tourmens pires que les premiers,
Voit ici les malheurs : evenir par milliers.
Craignant pour son pouvoir dans le champ qui lui reste,
La mort se lève et tient ce discours à la peste.
« Quoi tu languis, ma fille, et restes en repos!
» Toi que j'ai préférée à mes autres suppôts;
» Toi dans qui j'ai placé ma haute confiance;
» Toi l'honneur de mes vœux, l'ame de ma puissance ?....

» Les peines de l'esprit, la tristesse, la peur,

» La guerre, la famine, et l'or et sa fureur,

» Ne m'ont jamais valu tant que toi de conquêtes ;

» Tes grands coups signalaient et mes droits et mes fêtes ;

» Tu travaillais pour moi, je ne fesais que voir ;

» Dans sa facilité, j'admirais ton pouvoir ;

» Ce matin même encor je me disais : l'Espagne

» Mérite un ciel de fer et paie à ma compagne

» Le légitime acquit des milliers d'attentats

» Commis par des enfans dans d'immenses climats.

» Tels peuples ont péri sur la lointaine plage

» Qu'il n'en doit plus rester de ceux que voit le Tage ;

» Et toi qu'elle amena d'un climat étranger,

» N'es-tu pas la première à devoir y songer ;

» Tu te lasses, tu tends à la miséricorde,

» Hé bien ! soit, moi j'aurai recours à la Discorde,

» Barcelone l'accueille et cela me suffit. »

La peste ne dit mot, mais un secret dépit

Enflamme tous ses sens et du feu de la rage

Pour un coup décisif relève son courage.

Et s'épargnant le tems d'un copieux détail,

Elle pousse au succès par un plus prompt travail ;

Ses traits sont dirigés sur le corps Galénique,

Bally ne ne les craint pas ; son audace héroïque

Les a déjà bravés ; plus direct et nouveau

L'assaut dans son retour fait voir tout ce que vaut

Un guerrier fait aux coups ; Bally dit à ses frères :

» Ce danger tel qu'il soit cède à ces ames fières

» Qui savent allier le courage et l'honneur. »

La peste, qui l'entend, rugit, laisse la peur

En secret confident agir pour son service,

Et va trouver Mazet qu'elle croit un novice,

Mais que pour son jeune âge et sa force et son cœur,
Elle hait d'autant plus d'avouer son vainqueur;
Elle a su réunir aux plus brusques symptômes
Tout ce que l'air impur a de malins atômes;
Trop hélas, il s'y fie; et la moindre boisson
Se corrompt, se défait et se tourne en poison;
Un noir vomissement en est l'affreux indice;
Ses rapides progrès ont rempli leur office;
Et les chers compagnons et les pieuses sœurs
Ont envain combiné les soins et les douceurs
La peste s'applaudit et dit : « Je suis vengée.
» Qu'il se trouve aujourd'hui quelqu'ame assez osé
» Pour nuire à mes desseins et braver mes succès;
» Je sais comme on réduit le courage français,
» Et comment m'assurer une pleine victoire;
» Ces lieux m'y serviront; Toulon dans son histoire
» Où l'éclat de mon nom sonne jusqu'à neuf fois,
» A connu ma puissance et note mes exploits;
» Où n'ai-je pas régné? les pères de Constance,
» En concile assemblés m'ont bien fait résistance;
» Mais c'est que d'un Français le nom aimé du ciel,
» Fut avec son portrait promené sur l'autel.
» Aujourd'hui mon trophée insulte ce saint même.
Et le ciel entendit à l'instant le blasphème.
Et l'ame de Mazet, au Saint de Montpellier
Réunie, et reçue au sublime foyer,
Vint prier par l'effet de son premier hommage,
Le Dieu qui donne aux siens la force et le courage
De Couronner les vœux d'un Fils de Saint-Louis.
O retours consolans, ô bienfaits inouïs,
La mort en reculant regarde Barcelone
Où revient un air pur que la peste abandonne.

Une force secrète, une invisible main
Repousse la cruelle au sol américain,
Sur ces bords si fameux, sur ces funestes plages;
Ignorant autrefois qu'il fût d'autres rivages,
Et dans ces jours derniers, las, se vengeant encor
Des maux, que leur coûta la prise de leur or.
La gaîté, qui répand la fleur sur les visages,
Annonce l'avenir qui suit de doux présages.
On entend dans les airs l'auguste carillon,
Soutenu du salpêtre élancé du canon;
Le commerce s'éveille et rouvre ses barrières;
La foule avec ardeur vole aux lieux des prières,
Hélas! elle n'osait dans le danger pressant
Recourir aux bontés du maître Tout-Puissant.
Quand sur le champ voisin, se forme un noir nuage,
On s'en tient à la peur et l'on attend l'orage:
Mais quand le pâle éclair n'est suivi d'aucun son,
Où que son bruit mourant s'enfonce en l'horizon,
On renaît rassuré sur son propre dommage.
Je voudrais, mes amis, dans un brillant langage
(Et quel autre convient au joyeux sentiment),
Vous peindre tout l'effet d'un si beau changement!
Une grande cité qu'enchaînait la tristesse,
Passant de l'interdit à la vive allégresse.....
Heureuse si fidèle à ses antiques lois
Elle sait après Dieu, n'écouter que ses rois!
Ce que coûte un combat, en décide la gloire:
Au prix de sa victime on juge la victoire.
Vous pleurez un ami, courageux médecins;
Mais sa gloire est la vôtre, et tient à vos desseins.
Tel qu'un astre, son nom luit, et vous encourage,
Et le vôtre vous dit d'achever son ouvrage;

Souvenez-vous d'un Roi qui pleure le premier,
Un sujet qu'il préfère au plus brave guerrier,
Et vous célestes sœurs, dont la pitié tendre,
Par vos larmes surtout du ciel se fait entendre,
Et dont l'esprit soumis fait des divins décrets,
Respecter, adorer les jugemens secrets;
Déplorez entre vous, la commune blessure,
Soit! mais dans de tels coups votre exemple rassure;
La foi qui vous soutient en passant dans les cœurs,
Des traits les plus aigus, émousse les douleurs.
Dans le jeune Mazet, l'honneur de la patrie
Eut un noble ascendant sur l'amour de la vie;
Et de ses compagnons, les précieux travaux,
Auront dans tous les tems pour guide ce héros.
Et moi, je veux plaider la cause de mon âge,
Dit la jeune Clarisse.... à leur pieux voyage;
En sages directeurs, c'est que tes trois amis
Avaient cru qu'un enfant pouvait bien être admis :
Trois lustres, que vingt mois n'achevaient pas encore,
A ses traits, donnaient l'air de la naissante aurore;
Et les naïfs accens de sa tendre raison,
De l'année exprimaient la première saison.
C'étaient d'aimables fleurs dont la délicatesse
Paraissaient invoquer la main de la sagesse.
« La vie est d'un grand prix, disait-elle, en jouir
» Est un art, un devoir... Quoi, si jeune mourir,
» Et mourir pour sauver une ville étrangère !
» Et du pauvre Mazet, que dit enfin la mère?
» Avait il une épouse? un père? des enfans?
» Et puis, tant affliger ses amis, ses parens!
» Ses parens, ses amis, chantent tous ses louanges;
» Sa mère avec raison le croit parmi les anges...

» Et s'il la nourissait ? Qui lui donne du pain ?
» Tout l'Univers, son fils, en fut le plus humain,
» Ce qu'il fit, la console et la couvre de gloire ;
» D'une autre celle-ci rappelle la mémoire. »
Elle apprend que son fils, dans un combat est mort,
Sommes-nous les vainqueurs ? dit-elle avec transport !
Oui ! lui dit-on... Aux Dieux allons donc rendre grâces.
Voilà comme l'honneur triomphe des disgrâces,
Et c'est la piété qui nous fait, du malheur,
Un mérite, un espoir près du Suprême Auteur.
Oui, mais mourir si jeune, et pour autrui, je pense
Que c'est mettre en défaut la bonne Providence ;
Car puisqu'on fait si bien en donnant des secours
Dieu ne devrait-il pas nous prolonger nos jours ?
Je suis jeune, il est vrai, mais aux ames bien nées
La vertu n'attend pas le nombre des années.
Entendez-vous ma fille, et dans l'amour du bien,
L'intention dit tout et la vie est pour rien.
Celui qui fit les vers que vous venez d'entendre,
Avait bien comme vous la raison encore tendre ;
Mais il savait aussi, qu'il ne faut qu'un instant
Pour se faire un grand nom, et pour mourir conten
Mourir si jeune ! hé bien ! prenez pour autre exemple,
Cléobis et Biton menant leur mère au temple :
Il se peut, que le fait n'ait été qu'inventé,
Il n'en contient pas moins un fond de vérité.
Ils avaient cru tous deux par un pieux service,
Des coursiers attendus, devoir faire l'office,
Elle de demander au ciel dans sa bonté,
Que le plus grand bienfait payât leur piété ;
Et soudain, les deux fils d'une si sage mère,
Ensemble, ont de leurs jours vu finir la carrière ;

Couple heureux , par l'effet du vœu le plus sacré ,
De maux et de soucis d'être ainsi délivré.
Ce trait est d'un grand prix, on peut ou non le croire ,
Mais un autre à jamais , enrichira l'histoire ;
Il prend ici sa place , et de la vérité ,
L'incorruptible sceau relève sa beauté ;
L'homme consolateur qui près de Louis seize ;
Partageait les doux soins de sa fille Thérèse ,
Après le coup fatal qui termina ses jours ,
N'eut plus qu'à se chercher asile en d'autres cours ,
Et d'abord recueilli par des mains étrangères ,
Du monarque martyr il visite les frères ,
Qui toujours incertains, toujours près du péril ,
Dans la Courlande alors prolongeaient un exil
Que commandait du tems la dure circonstance ;
Dans Mittau languissait le salut de la France.
O contraste des tems ! je vois un Stanislas ,
De son trône privé régner dans nos climats ;
Puis la France à son tour , voit sa tige royale ,
D'un château Polonais faire sa capitale ;
Là Louis établit sa légitimité ,
Que signalent d'abord des gages de bonté !
Et ces bienfaits, sur qui tombe leur exercice ?
Sur des soldats français , sur ceux qu'un dur service
Contraint au faux devoir de combattre leur roi.
Le fidèle Edgeworth tout entier à sa loi,
Obtient de lui l'honneur d'aider sa bienfaisance ;
Un mal épidémique achevait de la France ,
Dans un vaste hôpital la perte et les regrets ,
Et son Roi chaque jour y perdait des sujets ,
Qui comme lui rendus un jour à nos provinces ,
Avec nous s'écriraient , Vive le Roi des Princes !

Leurs maux étaient les siens; le ministre zélé,
Par ses soins à la vie a bientôt rappelé,
Nombre de malheureux déjà prêts à s'éteindre.
Quand on sert la vertu, pour soi que peut-on craindre?
Mais la cruelle mort, souveraine en ce lieu
Fixe d'un œil jaloux le serviteur de Dieu,
Et compte bien en lui consommer son ouvrage?
Qui sentit le danger, qui, du saint personnage,
Pour le bonheur de tous, voulant sauver les jours,
Même au risque des siens, va, vole à son secours?
La nièce du bon Roi, son ardeur magnanime,
Étonne la mort même, une telle victime,
Lui semble une faveur; Edgeworth le comprend,
Il conjure le Ciel, et lui-même s'offrant,
Il détourne le coup qui menaçait la France;
D'en haut, du roi martyr, il reçoit l'assistance,
Que mérita la sienne; et son zèle rempli,
Il le laisse aux héros qui viennent après lui;
Il retourne au séjour du céleste empyrée;
Là toute ame qui s'est au bienfait consacrée,
Retrouve plus qu'un Roi qui rentre en ses états;
Là sont les Fénélon et ces dignes prélats,
Qui n'ont su dans leurs jours que servir la justice,
Et pour leur peuple à Dieu s'offrir en sacrifice:
Là sont tant d'innocens qu'un caprice vengeur,
Où par ruse ou par force immole à sa fureur;
Là, le saint prêtre, vit ceux qu'aida son beau zèle,
A s'assurer des droits sur la joie éternelle:
Et ce que la vertu recueille de douceurs,
Pour fruits de ses travaux, ou pour prix de ses pleurs.
Ainsi donc, mon enfant, courte ou longue la vie,
Faite pour le bonheur, pour qu'elle en soit suivie,

Veut qu'on soit toujours prêt à la sacrifier.

Et c'est ce qu'aux mortels sans cesse on doit crier :

Ce dont, vous qui sortez des ombres de l'enfance,

Devez par tous vos soins pénétrer l'importance,

Et retenez ceci, qu'exprès je dis pour vous :

Le plaisir d'obliger, est le premier de tous ;

Il vient du ciel, il tient de la bonté des anges ;

Il est indifférent aux faveurs, aux louanges.

Le Roi martyr, en vit des exemples bien chers ;

Nos tyrans, ses bourreaux, voulait river ses fers ;

Dédaignant sa parole, ils en voulaient des gages ;

Des chevaliers français, s'offrirent pour ôtages?

Un Versigny le fit, un Pacari l'eût fait.

Le crime dut céder, la vertu triomphait.

Revenons, mes amis, aux sauveurs de l'Espagne,

Ont-ils donc terminé leur pénible campagne?

Ces aimables rivaux, ces constans ouvriers,

Reviennent, comme on dit, tout chargés de lauriers.

Songeant d'un vif désir à regagner la France,

Précédés et suivis de joie et d'espérance ;

Ils se sont condamnés pour un tems au repos,

De ce qu'ils ont guéri de peines et de maux,

Leur ame est triomphante ; un hospice salubre,

Les préserve eux et nous de tout retour lugubre ;

La prudence le veut et les tient sous sa main ;

Eux-mêmes l'ont souscrit ; dans eux tout est divin,

Et des quarante jours que dure leur retraite,

L'emploi contre le mal, achève sa défaite.

Un usage sacré d'un précieux loisir,

Ennoblit le présent et charme l'avenir.

A l'époux, conserver sa compagne chérie,

Rendre un fils à son père, ou le père à la vie,

Au riche pour le pauvre inspirer la pitié,
Parmi les citoyens ramener l'amitié,
Et mille autres bienfaits de non moindre importance;
Contre un tel souvenir l'ennui perd sa puissance.
Et combien la pensée est riche et plaît alors
Quand elle appelle à soi d'intéressans dehors,
Et que l'esprit se peint les diverses contrées
Par ses propres vertus plus ou moins illustrées !
Ils n'ont point parcouru d'immenses régions;
L'art se supplée et sait multiplier ses dons.
Au loin gagna l'effort de leur sollicitude ;
Partout perdit le sien, l'active inquiétude.
On croirait devant eux voir marcher les bienfaits :
Et qui n'aurait été jaloux du nom Français.
Tandis que notre Roi nous consacrait ses veilles,
L'Espagne de sa part s'emplissait de merveilles.
Qui craignait, qui souffrait a cessé de gémir,
Et le bien commencé ne fait que s'affermir.
Car, après le succès, que ne peut l'espérance ?
Devant le bienfaiteur marche la confiance.
Louis semblait parler quand on les écoutait ;
On sentait qu'à leur voix l'étreinte s'arrêtait.
Qui n'a pas le désir de conserver sa vie ?
A ceux qui la laissaient ils en rendaient l'envie ;
Car de l'ame et du corps telle est l'affinité,
Que l'un souffrant, de l'autre empêche la santé.
Mais on peut dire, hélas ! que la seule tristesse
Des deux cause à la fois la mort ou la faiblesse.
Ainsi l'Espagne vit Séville et Malaga,
Et Majorque et Minorque, et Cadix et Fraga,
Son Madrid même en proie à la peur désolante,
Éprouver de leurs soins la vertu rassurante.

Ainsi comme sa suite on verra Parizet
Se faire un monde entier d'un étroit lazaret.
D'un long cours de travaux et de leur course ardente
Les voilà recueillant la moisson opulente.
De ce qu'ils ont semé, de secours, de conseils,
Le recueil cher pour eux, utile à leurs pareils,
Occupe leurs momens, double même les heures
Qu'il leur faut consommer dans de fades demeures.
Par cet heureux secret un fatigant loisir
Rend le passé présent et le change en plaisir.
La pensée à ses droits ne connaît point d'obstacle;
Le retour sur la scène est un second spectacle
Que la tristesse suit et ne peut approcher.
Songeant aux maux qu'il croit ou guérir ou chasser,
Chacun a sous les yeux, tant l'idée en est chère,
Et le bien qu'il a fait et celui qu'il espère....
Et puisque l'amour-propre avant tout pense à soi,
Pour récompense enfin ils serveront leur Roi.
A ce mot de Simon s'arrêta le langage:
Au silence, dit-il, un juste droit m'engage;
Mes timides accens, dans leur simplicité,
Pour louer la vertu manquent de dignité;
Mais mon cœur lui devait cette légère esquisse,
Et les trois compagnons et la jeune Clarisse,
Saluant et quittant le cortége auditeur,
Poursuivent leur chemin sans déposer l'ardeur;
(Car tandis qu'ils marchaient ils en parlaient encore)
De reprendre un sujet dont le seul titre honore,
Joint aux plus doux objets qu'ils avaient sous les yeux,
Leur ame par degrés s'élevait jusqu'aux cieux;
Dans la mousse ils voyaient (*) poindre la violette;
Près d'elle le muguet plus haut portait sa tête;

(*) 3 Mai.

L'épine à fleurs d'argent, dont l'ensemble vaut seul
Un champ de fleurs, tentait d'égaler le tilleul,
Qui, plus fier à son tour, semblait gagner la nue,
Et quand de tous côtés ils promenaient leur vue,
En ce jour, en ce lieu, l'alentour leur offrait
Le bienfait de l'amour et l'amour du bienfait.
Les oiseaux déployaient leur éloquent ramage ;
De la beauté des Cieux tout retraçait l'image ;
La paix donnait la main à l'innocent désir ;
Et comme il s'agissait d'un vertueux plaisir,
Ils ont, du petit temple en pénétrant l'enceinte,
Cru d'abord être admis dans la famille Sainte ;
Et voir tous leurs amis triomphans dans les cieux,
Accueillir leur prière et sourire à leurs vœux ;
Devant l'image auguste, où leur Reine en ce temple,
Sur son trône élevé en face se contemple,
(Objet cher et sacré, monument plein d'attraits),
D'un égal sentiment et du même intérêt :
Ils épanchaient leur cœur, et dans leur vive instance
Ils proféraient d'abord le nom de *Roi de France*,
Puis celui d'un d'Artois qui, par tant de bienfaits,
Signale au loin l'honneur du chevalier français :
Et vous, son digne fils, et vous notre héroïne,
Couple à jamais béni, dont la bonté divine,
Pour charmer nos chagrins opposa la douceur
Au souvenir amer d'une longue douleur.
Hé ! comment oublier cette sensible mère !
De son époux privée ?.... et privés de leur père,
Ces deux enfans croissans à l'ombre des vertus,
L'un à l'autre, tous trois, d'un héros qui n'est plus,
Sans cesse rappelant la touchante mémoire ?
Le voyant, par la foi, dans la céleste gloire.

Ainsi priait Simon : ô puissant Éternel,
Daigne entendre la voix du plus humble mortel.
Dans le fond de mon cœur c'est ton amour qui parle,
Conserve-nous le fils de ton bien aimé Charle;
C'est le fils de nos Rois; Louis règne par toi,
En lui de plus en plus donne force à ta loi;
Fais que le cher enfant, que ta bonté nous donne,
Soutienne comme lui, l'éclat de sa couronne!
Dans ce fils tu nous rends un héros qui n'est plus;
Que ta sagesse même anime ses vertus!
De son Roi qu'il apprenne à tenir la balance
Selon les droits du peuple et ceux de l'indigence!
Par ses soins que la paix gagne et passe les monts,
Et du même bonheur remplisse les vallons!
De Louis à jamais qu'on chante la justice!
Que pour tes serviteurs partout elle fleurisse!
Et que de siècle en siècle ensemble aillent ces noms!
Gloire à Dieu dans le Ciel, paix sur terre aux BOURBONS.

POUR ENVOI A M. LE DUC D'AUMONT.

Tandis que d'un grand Roi, l'ame en tout magnifique,
Honore d'un regard la lice poétique,
Un modeste pasteur chante au pied d'un ormeau,
N'ayant pour instrument qu'un frêle chalumeau,
Pour accords que des sons unis et sans parure,
Pour conseiller enfin que la simple nature;
Ce qu'on dit de son Roi, comme de ses bienfaits,
Ne lui parvient que tard, autant dire jamais,
Relègué dans le fond d'une pauvre campagne,
A peine il eut avis du malheur de l'Espagne,
Qu'il crut avoir tout fait, plaignant l'humanité;
Mais sachant où parut la royale bonté,

Il s'est dit : chantons donc l'extrême bienfaisance;
Par-là même espérons à l'extrême indulgence:
Et puis de tems en tems pour relever son ton ;
Il tournait ses regards vers la butte (*) d'Aumont;
Qu'il se plaît à nommer Pinde de la province,
Comme voisin d'un lieu que refait un grand prince,
Et qu'il nomme de même Hyppocrène, Hélicon.
Pour enflammer l'honneur il suffit d'un beau nom,
Et si de la vertu l'on y joint l'excellence,
On sait qu'elle est d'abord sa propre récompense;
Que la force en tout tems doit céder à sa loi,
Et que son grand attrait c'est l'exemple (**) du Roi.

(*) La butte d'Aumont, qui est près de Chantilly, est très-connue par la qualité de son sable, et se voit de Dammartin, de Nanteuil, etc.

(**) Super omnia virtus et honor
Virtus sibi ipsa promium est ;
Regis ad exemplar totus componitur orbis.

NOTES.

Page 2, *v.* 15. Tant que la France sera France, et l'Europe Europe, il se dira et redira que le 3 mai 1814, le Roi et madame la duchesse d'Angoulême, monseigneur le prince de Condé et monseigneur le duc de Bourbon, dans la même voiture, sont venus, précédés et accompagnés de Mgr. le comte d'Artois, de ses fils, Mgr. le duc d'Angoulême et Mgr. le duc de Berry, rendre la vie à nos climats et à toutes les vertus.

Pag. 14. *v.* 5. Allusion à la sortie du Roi en 1815.

Pag. 21. *v.* 29. Bien des personnes ignorent peut-être l'appel ou la proposition faite aux chevaliers français de se rendre répondants de la personne du Roi captif. Mais ce qu'on n'ignore pas, c'est que chaque pays eut ses particularités en méfaits et en héros, défenseurs de la vertu. Nous en citons deux ici parce qu'ils nous sont plus connus; le premier vit, mais est souffrant; puisse la bonté divine nous le conserver et lui rendre ses forces comme il lui a consevé, en émigration, et depuis, son noble cœur. Le deuxième fut un de ces braves militaires que l'honneur n'abandonne jamais et qui, dans l'occasion, ne manquent pas de le prouver. En fut-il une depuis le monde créé, comparable à celle ici désignée : le brave homme qui n'avait que son cœur et son épée, se livrait fréquemment au mouvement de l'un et au regard de l'autre. Quand il vit le grand malheur arriver, il prit cette épée, il en frappait la terre, se prosternait, levait les yeux au ciel; son cœur creva enfin; on le trouva mort dans son lit, et la table hachée de coups de sabre : il avait proposé à l'auteur de ceci de le suivre à Paris, etc.